ABOUT THE BOOK

This story is about little boy, Sean.
He is like you. Sean likes to play games with his friends.
And he likes the green apples and cookies
that his Mom made so much.

SOBRE EL LIBRO

Esta historia es acerca de un pequeño niño, Sean.
Es como tú. A Sean le gusta jugar con sus amigos.
Y le gustan las manzanas verdes y las galletas
que hace su Mamá.

Mom entered Sean's room. Sean was playing with his toys.
"We are going to the beach today!" said mom.
"Pick the toy you want to take with you," she continued.

Mamá entró a la habitación de Sean. Sean estaba jugando
con sus juguetes. "¡Vamos a la playa hoy!" dijo mamá.
"Escoge el juguete que quieras llevarte contigo." continuó.

"Awesome!" Sean cried happily. "What should I take?" he thought.
"I will take all my favorite toys, a car and blocks."

"¡Increíble!" Gritó Sean de felicidad. "¿Cuál debería llevarme?" pensó.
"Me llevaré todos mis juguetes favoritos,
un auto y unos bloques de juguete."

"How quickly you got ready, Sean!" said mom.

"¡Qué rápido te preparaste, Sean!" dijo mamá.

"Are you sure we need your teddy bear at the beach?"

"¿Estás seguro de que necesitamos tu osito
de peluche en la playa?"

"I need my teddy bear at the beach!" Sean said.

"¡ Sí, mamá! ¡Necesito mi osito de peluche en la playa!"
Dijo Sean.

"I hope you remember that teddy bears
don't like swimming," said mom.

"Espero que recuerdes que a los ositos
de peluche no les gusta nadar." dijo mamá.

"They don't like swimming at all … not even a little bit?" asked Sean.
"Not even a little bit," mom repeated smiling.

"¿No les gusta para nada nadar?… ¿Ni un poquito?" preguntó Sean.
"Ni un poquito." repitió mamá sonriendo.

"I love swimming!" said Sean. "OK, my teddy bear stays at home."
"Good boy!" said mom. "Let's take beach ball instead!"
"Great, and also…" Sean continued but mom interrupted him.

¡A mí me encanta nadar!" dijo Sean. "Ok, mi osito de peluche se queda en casa."
"¡Buen chico!" dijo mamá. "¡Mejor llevémonos una pelota de playa!"
"Genial, y también…" Sean continuó pero mamá lo interrumpió.

"Let's take only beach toys with us," offered mom.
"And don't forget your swim float," mom added
pointing to the corner of the room.

"Llevémonos solamente juguetes de playa." ofreció mamá.
"Y no olvides tu flotador." añadió mamá apuntando
la esquina de la habitación.

"My swim float!" cried Sean and grabbed the swim float.

"¡Mi flotador!" gritó Sean y agarró el flotador.

"Do we have everything we need at the beach?" asked mom.
"We forgot my run bike," Sean replied.

"¿Tenemos todo lo que necesitamos para ir a la playa?" preguntó mamá.
"Olvidamos mi bicicleta." respondió Sean.

"There is no bike lanes on that beach. It's covered in sand," said mom.

"No hay caminos para bicicletas en esa playa.
Está cubierta de arena." dijo mamá.

"I am ready," said Sean. "I see," said mom smiling.

"Estoy listo." dijo Sean. "Ya veo." dijo mamá sonriendo.

"What did you take with you to the beach?"
asked Sean.

"¿Qué te llevas tú a la playa?" preguntó Sean.

"I also took my favorite things," said mom.

"También tomé mis cosas favoritas." dijo mamá.

"Did you take my favorite chocolate muffins?" asked Sean.

"¿Tomaste mis muffins de chocolate favoritos?
preguntó Sean.

"Sorry, but we ran out of muffins," said mom.
"Daddy took sandwiches, apples and carrots for snack."

"Lo siento, pero se nos acabaron los muffins." dijo mamá.
"Papá tomó emparedados, manzanas y zanahorias
para los bocadillos."

"I like apples! They are so tasty!" said Sean.
"Carrots are tasty too, " mom added.

"¡Me gustan las manzanas! ¡Son muy deliciosas!" dijo Sean.
"Las zanahorias son deliciosas también."
añadió mamá.

"Also, mom and dad prepared a surprise for you," said mom.

"Mamá y papá también prepararon una sorpresa para ti." dijo mamá.

**"I love beach, apples and kites,"
said Sean smiling while looking at the surprise.**

"Me encanta la playa, las manzanas y las cometas."
dijo Sean sonriendo mientras miraba la sorpresa.

INSTRUCTIONS FOR THE READER

INSTRUCCIONES PARA EL LECTOR

You may vary text if you want. When you see a name
in the book, feel free to insert the name of your child.

But if you see that your child does not like this,
then don't say your child's name in this situation.
Most children think it's fun that their name is in the story.
It makes them more connected with the message from the book.

Puedes variar el texto si quieres. Cuando veas un nombre
en el libro, siéntete libre de insertar el nombre de tu hijo.

Pero si ves que a tu hijo no le gusta, no digas su nombre
en esta situación. Muchos niños creen que es divertido escuchar
su nombre en la historia. Hace que se conecten más con
el mensaje del libro.

My new book is available on Amazon:

Mi nuevo libro en Amazon:

For my One and Only, my toddler boy Andy..
My awesome and very active son
All my Love, Mom
&
To my wonderful family and friends
for always being in my life
with your unconditional love
Amanda

Para mi querido hijo, mi bebé Andy…
Mi tan activo y asombroso hijo
Con todo mi amor, Mamá
Y
Para mi hermosa familia y amigos
Por siempre estar en mi vida
con su amor incondicional
Amanda

START

FINISH

Counting to Five

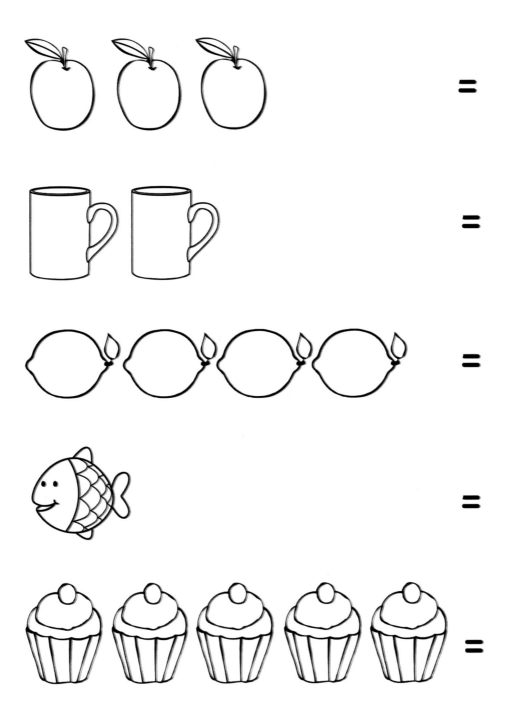

A B C D E F
G H I J K L
M N O P Q R
S T U V W X
Y Z 1 2 3 4
5 6 7 8 9 0

Este es mi libro
Mi llamo

¿Podrías leerlo por favor?

GRACIAS

Made in the USA
Middletown, DE
23 October 2020